LEABHAIR EILE SA TSRAITH **SOS**

Sinéad ag Damhsa

Anna Donovan

• Léaráidí le Susan Cooper •

Cló Uí Bhriain
Baile Átha Cliath

An chéad chló 2001 ag
The O'Brien Press Ltd/Cló Uí Bhriain Teo,
12 Terenure Road East, Rathgar, Dublin 6, Ireland
Fón: +353 1 4923333 Facs: +353 1 4922777
Ríomhphost: books@obrien.ie
Suíomh gréasáin: www.obrien.ie
Athchló 2003, 2007.

ISBN: 978-0-86278-714-1

British Library Cataloguing-in-Publication Data
Donovan, Anna
Sinead ag Damhsa
1.Dance - Juvenile fiction 2.Children's stories
I.Title II.Cooper, Susan
823.9'14[J]

3   4   5   6   7
07   08   09   10   11

Faigheann Cló Uí Bhriain cabhair
agus ó Bhord na Leabhar Gaeilge

Leagan Gaeilge: Íde Ní Laoghaire agus Daire MacPháidín
Eagarthóir: Daire MacPháidín
Dearadh leabhar: Cló Uí Bhriain Teo
Clódóireacht: Cox & Wyman Ltd

'Is maith liom **damhsa**,'
arsa Sinéad.
Léim sí agus sciorr sí,
a lámha ag casadh
timpeall is timpeall san aer.

'Ba mhaith liom dul
go rang damhsa!'

'A Mham, an bhfuil cead agam dul
go rang damhsa?'
arsa Sinéad.
'Maith go leor,' arsa Mam,
'Tús maith ansin agat, a ghrá.'

'Tá mise ag dul go rang damhsa,'
arsa Sinéad le Daid.
'Go hiontach!' arsa Daid.
'Is maith liomsa damhsa, freisin.'

'Huh!' arsa Sinéad. '**Tusa**?
Tá tusa ró-aosta.'
'Huh!' arsa Daid.

Chas Sinéad agus luasc sí.

Léim sí agus sciorr sí.

Chnag sí na sála.

Stop sí go tobann.

'**Ceol**!' ar sise.

'Cá bhfuil an ceol?'

D'fhéach sí sa chófra.

Bhí ceol ann ón Spáinn.

Bhí ceol ann ón Rúis.

Agus bhí a lán ceol Gaelach ann.

'Ahá!' ar sise, go tobann.

'Riverdance!'

'Sin é! Déanfaidh mé
damhsa Gaelach.
Déanfaidh mé Riverdance.'

Chuir sí an ceol ar siúl agus
rinne sí Riverdance iontach.

'Ó, is breá liom damhsa,'
arsa Sinéad.

Ghluais sí trasna an urláir.
Phreab sí agus sciorr sí.
Léim sí suas san aer.

'Tá mise ag dul go rang damhsa,'
ar sise lena cara Tomás.
'Damhsa Gaelach.
An dtiocfaidh tú?'

'Agus **sciorta** a chaitheamh!'
ar seisean. 'Níl seans ar bith ann!'

Chuaigh Sinéad go rang damhsa.

D'iarr Mam ar Thomás

teacht freisin.

'Ní thiocfaidh mé,' ar seisean.

'Níor mhaith liom sciorta

a chaitheamh.'

'Is féidir leat

do chuid éadaigh féin

a chaitheamh,' arsa Mam.

Ach níor chreid Tomás í.

Bhí a lán páistí sa rang,
idir bhuachaillí agus chailíní –
a gcuid éadaí féin orthu!

Sheas siad taobh le taobh
i líne fhada.
Rinne siad **trup uafásach**!

D'fhéach Sinéad
agus na páistí nua eile
go géar ar na damhsóirí.

'Anois!' arsa an múinteoir
leis na páistí nua.
'Ar aghaidh libh!
Seasaigí suas díreach!
Lámha síos.
Barraicíní amach.'

Sheas na páistí taobh le taobh.

'Léim – **a haon**, **dó**, **trí**.'

arsa an múinteoir.

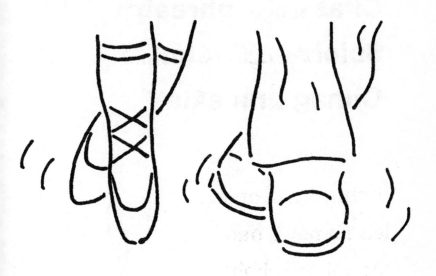

Phreab siad le chéile,

– a haon, dó, trí –

trasna an urláir.

Ach amháin Sinéad.

Chas sí agus **phreab** sí.

Sciorr sí agus **léim** sí.

Chnag sí **na sála**.

Shleamhnaigh sí trasna an urláir.

'**Stad**!' a scread an múinteoir.

'Lámha síos, mar seo.

Barraicíní amach, mar seo.

Abair a haon, dó, trí.

Féach díreach ar aghaidh!'

'Maith go leor,' arsa Sinéad.

Tháinig Tomás go dtí an rang
an tseachtain ina dhiaidh sin.
Sheas sé suas díreach.
Chuir sé a bharraicíní amach.
'A haon, dó, trí,' ar seisean.

'Maith an buachaill,'
arsa an múinteoir.

Ach Sinéad –

Chas sí agus **phreab** sí.

Sciorr sí agus **léim** sí.

Chnag sí na **sála**.

Bualadh bos, bualadh bos –

agus **shleamhnaigh** sí

trasna an urláir.

'**Stad**!' a scread an múinteoir.
'A Shinéad! Níl cead agat é sin
a dhéanamh anseo.
Ba cheart duit
dul chuig rang bailé.'

'An mbeidh cead agam
casadh agus léim ag an mbailé?'
arsa Sinéad.
'Beidh, cinnte,' arsa an múinteoir.

'Tá mise ag dul go rang bailé,'
arsa Sinéad le Tomás.
'An dtiocfaidh tú liom?'
'Agus **tútú** a chaitheamh?'
ar seisean. 'Níl seans ar bith ann!
Is fearr liom damhsa Gaelach.'

Agus as go brách leis,
a haon, dó, trí!

Chuaigh Sinéad go rang bailé.

Bhí an rang lán de chailíní.

Bhí siad galánta agus gleoite.

Bhí gúnaí deasa orthu.

Ní raibh buachaill ar bith

sa rang.

Sheas na cailíní suas
ar a mbarraicíní.
'Go hiontach,' arsa Sinéad.
'Déanfaidh mise é sin!'

Suas léi go dtí an barr an ranga.

Thosaigh sí ar an mbailé.

'A Shinéad!' arsa an múinteoir.

'Ní féidir leat é sin a dhéanamh fós.

Tar anseo. Seas suas díreach.

Lámha suas san aer.'

Sheas na cailíní nua le chéile.

Chuir siad a lámha

suas san aer.

Sheas Sinéad leo.

Chuir sí a lámha

suas san aer.

Ansin, chrom siad
síos go talamh.

Ach níor chrom Sinéad.

Chas sí agus **phreab** sí.
Sciorr sí agus **léim** sí.
Chnag sí na **sála**.
Bualadh bos, bualadh bos –
agus **shleamhnaigh** sí
trasna an urláir.

'**Hurá**!' a scread sí.
'**Is maith liom damhsa**.'

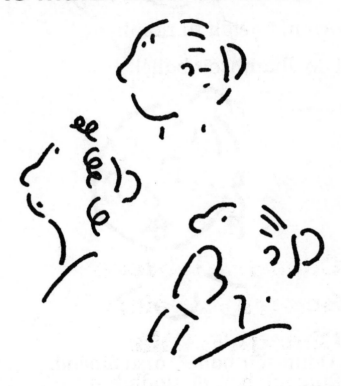

Bhí na cailíní eile
ag stánadh uirthi.

'A Shinéad!' arsa an múinteoir.
'Tá brón orm, a stór,
ach ní bheidh tú riamh
i do dhamhsóir bailé!'

'Damhsóir bailé?' arsa Sinéad.
'**Mise**? Ach ba mhaith liomsa
damhsa sa **sorcas**!'

'An sorcas?' arsa an múinteoir.
'Ba cheart duit gleacaíocht a
dhéanamh mar sin!'

'Sea! Sin é!' arsa Sinéad.

'A Mham, an bhfuil cead agam
dul go rang gleacaíochta?'
arsa Sinéad.

'A Thiarcais!' arsa Mam,
'rud nua **eile**!
Bhuel ... ceart go leor!'

'A Thomáis,' arsa Sinéad,
'táimse ag dul go rang
gleacaíochta.
An dtiocfaidh tú liom?'
'Ó bhó!' arsa Tomás,
'nach rud í sin do chailíní?'
'Ní hea, ar chor ar bith,'
arsa Sinéad.
'Tá go maith, mar sin,'
arsa Tomás.

Chuaigh Sinéad agus Tomás
go dtí an rang.
Bhí idir bhuachaillí
agus chailíní ann.

Bhí siad ag léim.

Bhí siad ina seasamh ar a lámha.

D'iompaigh siad bun os cionn

arís is arís eile.

Rinne siad

rothalchleasa.

'Wow!' arsa Sinéad,

agus amach léi

ar an urlár.

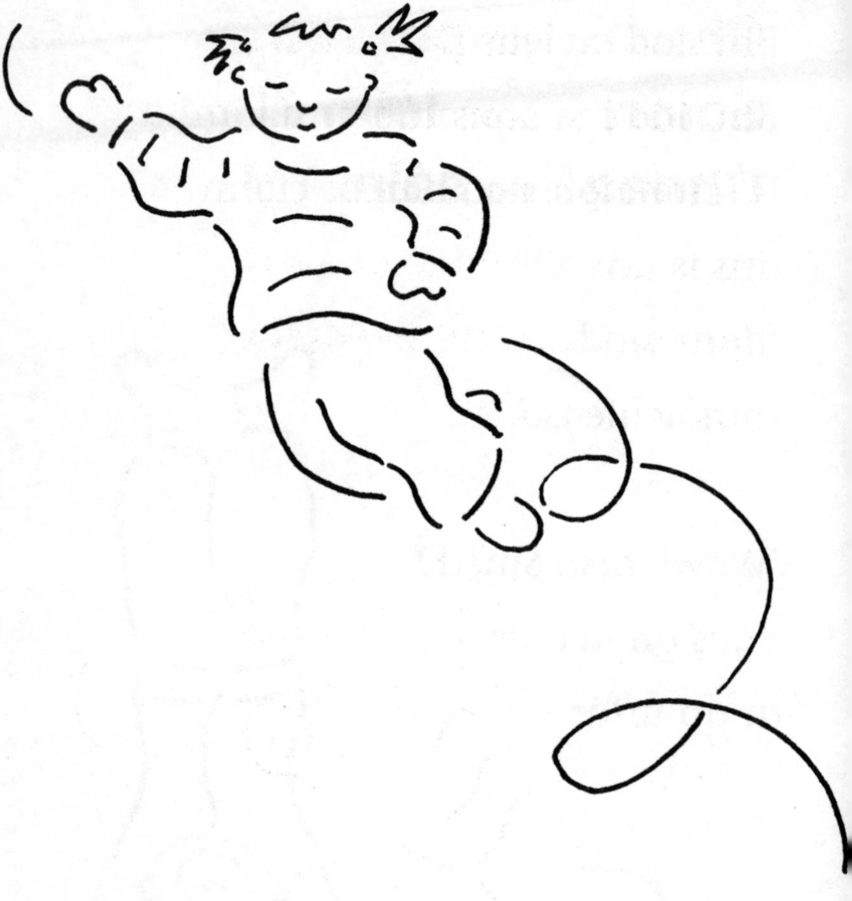

Chas sí agus **phreab** sí.
Sciorr sí agus **léim** sí.
Chnag sí na **sála**.
Bualadh bos, bualadh bos –
agus **shleamhnaigh** sí
trasna an urláir.

'**A Shinéad**!' arsa an múinteoir.

'Maith an cailín! Go hiontach!

Ach anois,

déanfaimid i gceart é.'

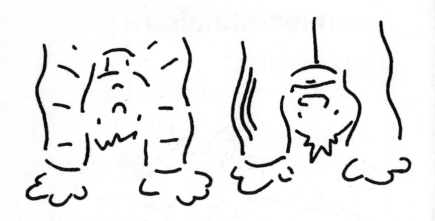

Thaispeáin sí dóibh

conas seasamh ar na lámha

agus conas rothalchleas

a dhéanamh.

Rinne Sinéad rothalchleas ciotach.

Ach Tomás bocht!

Thit sé ar a thóin arís is arís eile!

Rinne siad cleachtadh sa bhaile
gach lá.
Sa deireadh, bhí Sinéad in ann
trí rothalchleas a dhéanamh
i ndiaidh a chéile!
Agus rinne Tomás ceann maith
amháin –
faoi dheireadh!

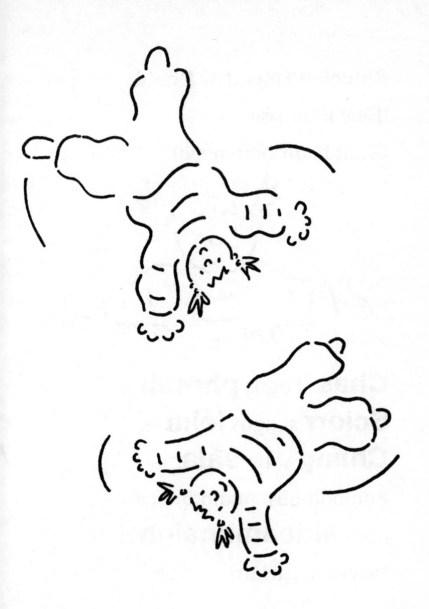

Ghlaoigh Sinéad ar Dhaid.

'Féach!' ar sise.

Chuir sí an ceol ar siúl.

Chas sí agus **phreab** sí.
Sciorr sí agus **léim** sí.
Chnag sí na **sála**.

Bualadh bos, bualadh bos –
agus **shleamhnaigh** sí

trasna an urláir.

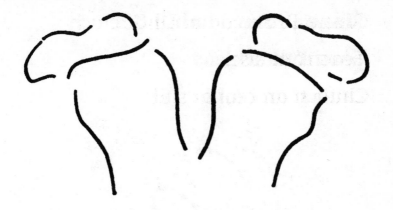

Rinne sí trí rothalchleas
i ndiaidh a chéile!

Rinne Tomás damhsa Gaelach
agus rothalchleas
ciotach amháin!

'Go hiontach,' arsa Daid,
agus é ag bualadh bos.
'Ba mhaith liom damhsa libh.'

'**Tusa**?' said Sinéad.
'Ach tá tusa ró-aosta!'
'Bainfidh mé triail as!' arsa Daid,
agus meangadh mór gáire
ar a aghaidh.

Chuir Sinéad an ceol ar siúl.

Thosaigh Daid ag damhsa.

Shleamhnaigh sé trasna an urláir.

Phreab sé agus léim sé.

Bhuail se an t-urlár cosúil le damhsóir Spáinneach. Rinne sé rothalchleasa trasna an tseomra!

Bhí sé **go hiontach**.
Bhí sé thar barr!

'Wow!' arsa Sinéad agus Tomás.

Ghlaoigh Sinéad ar Mham.

'A Mham, féach orainn!'

Chuir Sinéad an ceol ar siúl.

Rinne Sinéad agus Tomás agus Daid damhsa iontach le chéile.

Thug Mam bualadh bos mór dóibh.

'Go maith!' ar sise.

'Go maith?' arsa Sinéad.

'Ní hea! ... Go **hiontach**.
Thar Barr.

Is damhsóir den chéad scoth tú,
a Dhaid.'

'Cinnte!' arsa Mam,
'is damhsóir den chéad scoth é.'
'Féach ar na boinn atá aige.'

Fuair sí bosca mór agus d'oscail sí é.
Istigh ann bhí boinn –
cinn óir agus cinn airgid.

'Ó, a Dhaid!' arsa Sinéad.

'Wow!' arsa Tomás.

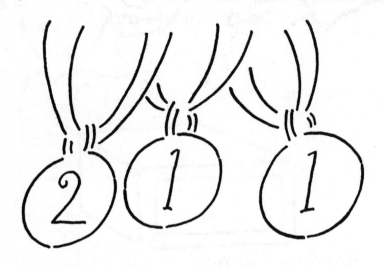

'Seo daoibh bonn amháin
an duine,' arsa Daid.
'Agus beidh bhur
mboinn féin agaibh lá éigin!'

Bhí an-áthas ar Shinéad
agus ar Thomás.

Agus as go brách leo –

chun cleachtadh a dhéanamh!